KB070625

먼 바다로 흘러간 눈

먼 바다로 흘러간 눈

시인수첩 시인선 013

한석호 시집

문학수첩

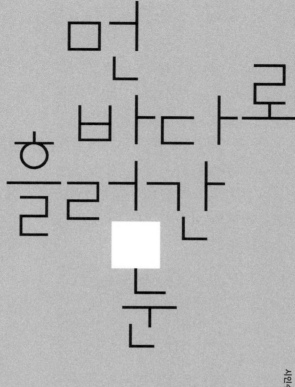

| 시인의 말 |

천 개의 고원을 넘어온 바람이 등을 두드리고 간다
꽃의 고백을 읽는 동안
바로크 첼로의 녹슨 음성이 다녀갔다고 한다
한 생이 기우는 일
수직의 문법을 쌓는 일
동일한 선분에서 읽어야 할 목록들을 펼쳐 본다
언젠가는 지구별이 아닌 어디에서나
부채가 없는 말로 서고 싶다

2018년 4월

한석호

| 차 례 |

2부 죽은 꽃들이 터뜨리는 폭죽 소리

3부 먼지를 덮어쓰고도 체온을 놓지 않는 거미

4부 나는 오늘도 내린천을 지휘하고 있다

1부

꽃들이 졸기 시작하면 모닥불을 피우고

내소사

첫눈 맞는 대웅전에
바람 머물리
하얗게 그을리고 있는
저 고요들
깨어나면 사라질 어떤 소리로
나, 산문에 기대 있다
범종각
아라한
천년부도
흰 눈으로 이 세상 허기 채우는
내소사
낙방(落房)에 촛불
푸르스름하게 밀어내는
저 흰빛과
바람의 몸을 지닌
나

저문다는 것은

말없이 젖는 것
행과 행 사이가
혼곤해지고
지평선을 끌고 온 물소리가
또렷해지는 일

몰이

세상에 누가 불을 질렀나
새는
기도가 닿지 않는 북극으로 날아가고
지상엔 앙상한 울음의 뼈만 엎드려 있다
포도 위를 구르는 가을의 잔해
빠져나간 뼈 하나가 문득
중심을 찌른다
산다는 것은
사랑니를 뽑은 자리에 들어가 박히는
밥알 따위를 견디는 일
버림받은 것들이 반란을 일으키는지
시계(視界) 저쪽에서
바람이 흉폭하게 몰이를 시작하고 있다

고래와 봄날

절망 끝에 뛰어든 봄의 하구에서 한 마리 고래를 만났다 등이 구부정한 고래는 숨이 거칠어서 멀리 있는 섬들도 하얗게 고개 끄덕이고 있었다 폭풍은 삐삐꽃이 필 무렵에 오는 것이어서 전설은 일부는 맞고 일부는 무료한 것이라고 생각한다

벼랑 끝 전술을 썼던 항거의 흔적은 수평선 아래 잠들고, 언 볼을 비비는 거미는 더 따뜻한 쪽을 향해 진지를 구축하고 있다 먼 후생은 두려움을 다스리는 자들이 선전(善戰)하는 시대, 새로운 도약을 위해 독수리가 낡은 부리와 발톱을 뽑아내고 있다

무지개가 오래된 길을 허공 깊은 곳으로 길어 올린다 문명을 등진 보호구역은 위리안치(圍籬安置)의 변(辯)이라도 필요하겠지만 입술 밖으로 나오지 못한 고해가 삼 년째 풍랑을 겪고 있다는 소문이다

혀 속에 가둔 파도가 더 큰 바다를 기다리고 있다 해

안선을 끌어다 부르튼 입술에 붙여 보는데 동백의 눈물 주머니가 붉게 어룽거린다 굳이 벼랑 끝에서 읽지 않아도 고래는 텅 빈 계절, 파도가 으르렁거리는 피안을 천천히 거둬들이고 있다

빗방울의 인칭

불 꺼진 십오 촉 알전구에
불나방이 혀를 꽂고 인공호흡하고 있다
그런다고 숨이 돌아오겠냐마는
숨을 헐떡이며 심장을 끝없이 압박하고 있다

무촉의 알전구만 고집하던 당신의
그 고함소리 버럭 달려오는 것 같아 번쩍 눈을 뜬다
30년째 마음의 변방을 떠도는 나는
빛바랜 날개로 어둠을 가만 안아 보고 있다

눈을 딱 감고 아파트에서 뛰어내리는
저들은 땀 한 방울 흘려 본 적 없는 족속들
최초의 궁구인 들숨은 읽고
최후의 궁극인 날숨은 보지 않는다

아직 오지 않은 미래를 기다리는
나를 불나방이 복사하고 있다
질서 밖에서만 걸어 다니다 온 나는

나 자신에게도 읽힌 적 없는 3인칭인가 보다

먼 바다로 흘러간 눈

'한여름 밤의 꿈'을 시디롬에 걸자
창밖이 짐승들 소리로 깜깜해지기 시작한다
얼어붙은 심장을 일으키고
절룩거리는 울음의 곁에 가만히 앉는다
먼 항해에서 파도소리 돌아오면
서로의 볼을 만지는 쌍둥이자리 환히 빛나겠지
알전구들 환하게 밝아
지나간 시간도 수선할 수 있다면 좋겠지만
썰물은 캄캄해지기 위해 골똘하고
등대는 먼 바다로 흘러간 눈을 기다리느라 침침하다
적의 없는 네 눈 속에서
나는 구름 위를 걷는 양 떼를 읽고 있다
저 양 떼들
지상에서 과식한 시간들 되새김질하고
한 뼘씩 자라난 평온은
두 뼘씩 자라는 두려움의 옷을 벗기고 있다
천둥의 밤에 아랫목에 들어
너는 하프의 음으로

나는 눈발의 소멸로 어우러지고 싶다
날지 못하는 것들을 품어주기 좋은 겨울밤
검은 백조들 점점이 이륙하고 있다
한여름 밤의 꿈을 마음의 턴테이블에 메기면
먼 나라의 말방울 소리 들린다
설국의 장미 꺾으러 간 역마차 뽀얗게 몰려오고 있다

푸른 밤의 앵글

딸칵, 소리가 나면 푸른 불길이 타오르고 있다 해바라기를 하던 노인들 저물고 아이들은 개 짖는 소리 안으로 들어가 문을 잠근다

별들이 녹슨 창을 열고 흐린 하늘을 닦는다 식구들이 늦은 저녁을 뜨는 방바닥에 종소리가 가늘게 졸고 있다 식은 감자를 물고 잠든 아이의 뱃속엔 다른 우주가 살고 있어 오늘의 허기는 꿈속에서도 불룩하다

허름해진 길 위에서 고요가 눈을 뜬 채 잠들어 있다 잠들지 않은 것은 조용한 주검들, 추도사를 읽는 풀벌레의 귀가 흔들린다 슬픔이란 꾹 다문 귀에다 함부로 돌을 던지지 않는 것, 이승이란 잠시 쉬어 가는 반딧불이들의 정류장이다

배경을 넘어온 아이들이 저마다 달을 깎고 있다 사이보그에 세뇌된 영혼은 심지가 없어 칠이 벗겨진 마룻바닥을 보고도 마구 짖어 댄다 일그러진 자화상 둘, 영혼

이 없는 정물화 하나, 타성에 젖은 당신이 당신의 이념 속에서 비틀거리고 있다

낫 두 자루가 액자 밖에 걸려 있고 한 조각의 음악이 찢어진 다른 음을 깁고 있다 노오란 태양을 꿈꾸며 잠들어 볼까 빛은 죽는 것이 아니라 가벼이 돌아눕는 것, 침묵이 침묵을 허물고 삶을 다른 생으로 치환시키고 있다

눈을 크게 뜨고 보들레르가 건네준 꽃의 고백을 읽는다 주머니를 열고 텅 빈 울음들을 꺼내 닦아 준다 천 개의 고원을 넘은 밤이 죽은 자의 낯을 영접한다 딸칵, 하고 한 세기가 눈을 뜨고 일곱 송이 수선화가 환하게 켜진다

자화상

—살바도르 달리풍으로

모든 삶에는 갚아야 할 채무가 있다고 가정할 때
동공의 원주율 밖으로 쏟아지는 잠들은
어디서 발현되어 어디로 흘러가는 권태인가
침묵할 것
수직으로 증명하는 모래시계의 문장처럼.
억새능선에서
늙은 악사는 산을 오르고
눈썹이 하얀 젊은이들 산을 내려가고 있다
탐욕에 눈먼 밤
골목을 빠져나온 종소리가 물끄러미 십자가를 읽고 있다
때론 가볍고 때론 무거운
열락의 무게들
아이들이 입술을 훔치며
제 속의 질문을 꺼내 만지고 있다
꼼꼼하게 부채를 정리하는
오늘의 이 울음은 내일은 듣지 못할 것이다
꽁꽁 언 호흡을 녹이는 그대가
내 눈 속에서 비릿하게 서 있다

시시각각 풍향계는 다른 감정을 가리키고

카페, 바그다드

잿빛의 문을 열고 들어가면, 거기
아데니움이 팔 벌려 맞는 카페가 하나 있지요
메뉴는
'무거운 짐 받아 주고
모래바람과 함께 실컷 울 수 있는 방과
별빛에 귀 씻으며
가슴의 바람 소리를 연주할 수 있는 발코니'
때만 잘 만나면
푸른 노을과 손잡은 붉은 튤립의
눈물겨운 사랑 이야기도 만져 볼 수 있는 곳
싸매 두었던 내면을 꺼내
한 잔의 낭만과 함께 세팅하고 싶다고요?
그렇다면
돌아갈 곳을 잃은 나팔수의 낡은 입술도
색소폰의 언덕 어디쯤에 그려 두시면 좋겠어요
짐승들이 그린 밤하늘 정원에서
꽃들이 라쿠차를 추는군요
말을 달아걸고 천문을 산책하면

하모니카를 연주하는 밀랍인형의 눈이 빛날 겁니다
한 시대를 품에 안는
비움을 메뉴에 올리는 문제로 골똘하지만
사랑을 잃은 가슴을
수수꽃다리의 은은한 그늘에 밀어 넣고 그윽하게
울어 보는 것도 괜찮겠습니다
저런…… 잠을 잊으셨다고요?
디저트로 따뜻한 아랫목을 주문해 놓겠습니다
둥근 저수조가 휘파람을 불고
가시선인장이 종소리 가득 차를 담아 내오는
카페 바그다드에 가 본 적 있나요?
세빌리아의 이발사가 있고
낙소스섬의 아리아드네가 노래하는
카페 바그다드에서 뵈어요, 당신의 1호선과
나의 6호선이 만나는 그곳에서, 딱 2분 거리에 있는

현기증

마더 테레사는 꽃의 멀미에 대해 관대하다
그리하여 봄날은 수없이 넘어지고
계절마다 까닭 없는 상처가 부름켜에서 익어 간다
참기 어려운 추락의 욕구가 있고
묘사가 불가능한 현실과
표현이 난해한 그늘이 서로를 씻어 내고 있다
번져 가는 주름살, 한 번 써 버린 향기는
리필이 안 되는 항목이다
개 떼가 죽음과 교미를 한다는 소문이 파다한지
음악이 난잡한 교성을 흘리며 돌아다니고 있다
다른 연대를 지휘하던 당신
그 몸으로도 꽃의 연주가 가능하다니
우리의 무도회는 불온한 것인가
떠돌이 작가를 해체하였다면 함부로 방치하지 말아야 한다
우아한 방법으로 접근하는
두 대의 피아노와 타악기의 변주
제목 없는 그림자가 허청 웃고

출렁, 하고 당신의 별이 산을 안고 넘어지고 있다

달빛에 금붕어 키우기

달빛에 키우는 금붕어는 나긋해야 해
보고 싶으면 언제든 꺼내야 하니
일단은 외모가 그럴싸한 것도 중요하겠다
그런 놈이야말로
사양하는 법과 거절하는 법 사이를 노 저어 다니고
껄끄러움과 편안함 사이에 물길을 내 서로 이어 주기도 하거든
그러나 제대로 키우고 싶다면
맘 놓고 뒹굴어도 될 뒤란은 하나 꼭 필요해
없다면 그건 절반의 성공
있다면 근사하게 인테리어도 하는 게 좋아
꼼꼼하게 설계하고
적당한 그늘까지 배치하는 그런 뒤란을 생각하고 있다면
그건 훌륭한 선택
가끔은 나르시스에 빠진 자신과
현실에 항거하는 자신이 함께 헤엄칠 수 있는
수영장도 하나쯤 필요해
그러나 주의해야 할 것은 쪽문이야,

고양이가 쪽문으로 수염이라도 들이미는 날에는
그때부터 금붕어는 내 소유가 아니라는 거 명심해야 해
달빛을 헤엄치는 금붕어는
가끔 대지의 문법이 통하지 않는 족속들
그럼에도 그대 멋진 인어가 필요해?
달밤을 사냥하기에 적당한 벨리댄스 혹은 줌바를 추는 그녀가

첼로가 있는 밤의 시제

신의 노여움을 달래기 위해
마야 여인들은 회로 칠한 강물에 몸을 던지고
사라진 것들의 안부를 찾기 위해
전사의 활은 바지랑대 위에서 목을 다듬는다

한쪽 귀를 자른 사내가
자신이 그린 밀밭의 밤을 강파르게 채색하고 있다
고독한 이름들은 자주 어두워진다
신을 찾는 무리들이 종종 빛을 끊어 버리듯이

답답하고 먹먹한 하늘과 땅
갈 곳이란 도무지 보이지 않는 시제를 만나면
무작정 춤을 추어야 하는 걸까
천문을 열자 푸른 물길이 밤하늘을 연주하고 있다

겉으로만 웃으며 살아가는 사내들
하나같이 제 갈비뼈를 휘어 활을 만든다
살아남은 자의 정오를 지나서 찾아올

누군가를 오래오래 기억이라도 하려는 듯

꽃의 환기

꽃 다 진 나뭇가지의 아침을 열면
간밤에 인사를 나눈 씨방들이 고개를 꺾고 있다.
누군가에게 목 졸린 비명처럼
턱은 뒤틀려 있고 눈이 십 리는 깊어져 있다.
그러므로 당신이 적용한 괄호는
노력해도 해제가 불가능한 불치의 병.
욕망이 아랫목을 파고들어
제 결의 위안을 죽이고 다른 각도를 얻는다.
잘라도 무성해지는 저 어둠은
오늘을 믿지 않는 내 중심에서부터 싹트는 것
한 철을 보낸 물음이 길어지면
꽃은 굴레를 닫고 찬찬히 허공의 눈을 환기한다.
어둠을 그늘 그윽한 곳에 놓아주고
꽃 다 진 저녁의 입술에 가만히 귀를 내어 준다.
물비린내와 내통하는 바람의 밀도가
꽃대와 콧대 사이에서 부드럽게 미끄러지고 있다

묵화

소쩍새 잠 속으로
꽃잎들 낙화하고 있다
텅 빈 약수터에서
생쥐 한 마리
입맛을 다시고 있는 오후

2부

죽은 꽃들이 터뜨리는 폭죽 소리

감정의 타향

때때로 나는 어떤 호도도 없고 정확하다
복숭아 자두 살구의 과육을 사랑하지만
그 씨앗의 독과 같은 감정은 좋아하지 않는다
열어서 투명해지는 슬픔과
닫아 두어서 오히려 따뜻해지는 눈물
독은 어디에서나 살고 있어
말 한 마디에도 생이 절름거릴 때가 있다
적절한 품이 있는 말
동구 밖 느티나무 같은 말
슬며시 절하고 싶어지는 말을 거느리고 다니는
그대를 만나고 싶다
때때로 나는 어떤 호도도 없고 정확하다
누구에게나 그늘이 되는
오아시스 한 채 거느릴 그날을 고대하지만
미안하다 봄날이여!
복사꽃 뭉근히 지고 있는데도
나는 차디찬 독설만 내뱉고 있다네
살구 향 시큼한 감정이 묻어나는

그대라는 따뜻한 타향을 더 좋아하면서도 나는

미늘과의 포옹

꽃의 이면에서 서성이는 불면은
누군가를 부르는 어떤 간절한 호명
당신이라는 조리개 밖에 방점을 찍고 나니
개 짖는 소리가 인화지 밖으로 뛰어나간다
당신을 지켜보던 정자나무
그 그늘에 묻은 기억들 흐려져 가고 있다
모래알들은 흩어지기 위해 쌓이고
바람은 어제를 지우기 위해 흩어지는지
침묵을 놓고 간 자가 돌아와
유예가 가능했던 대답에 간인을 하고 있다
미욱했던 시간의 수선은
고해성사하듯 옷깃을 여며야 하는 일
죽은 꽃들이 터뜨리는 폭죽 소리가
낚시꾼들의 주변에 커다란 포말을 일으키고 있다
그대라는 트라우마와 싸워야 하는
오늘 밤엔 찌를 깊게 드리지 않는 것이 좋겠다
앵글 속에 묻어 둔 시간이 상처와 내통할지 모르므로

수레국화가 필 무렵

1.
그맘때가 되면 강릉 남항진으로 간다, 가서
깃 고르는 갈매기와 한바탕 파소도블레도 추고
한 번도 바다를 건너지 못한 나무기러기와
아득한 남국까지 비행도 해 보는 것이다

꽃들이 졸기 시작하면 모닥불을 피우고
먼 바다로 나간 새들을 기다린다, 이윽고 닻을 내리는
새들의 울음 하나씩 닦아 주며
맘속 나침반의 그 망망한 전설에 흠뻑 취해 보는 것이다

2.
바다를 건너온 소식은 구겨져 있어
바람이 쓴 편지는 한 자도 읽을 수가 없다
꽉 쥔 주먹 속에서 부드러운
은유가 걸어 나오도록 오래오래 기다려 주어야 한다

굽 높은 야망을 신고도 등대에 오르지 못한

나를 당신은 캄캄한 절벽이라 부른다, 어쩌겠니
아직은 희망을 말하기란 초저녁
절망을 건너는 동안 물레는 한 번도 돌지 않는 걸

3.
헌신 끝에 돌아온 것이 반항과 분노라면
10미터나 되는 파도로 뺨을 후려치고야 말겠다
영혼을 갉아먹는 벌레가
백주에 뇌를 깨끗이 먹어치우기 전에

사이를 주름잡는 반목, 관계와 관계를 흩어 놓던
갈등이여 먼 바다로 물러나고 있는가
탕자여, 사랑은 한때의 그림자가 아니라
그림자끼리 손잡고 흘러 한 몸의 물결이 되는 것이다

4.
울퉁불퉁한 해변이 매끄럽게 구르기 시작하면
새들은 모든 것을 두고 날아오른다

버리지 못해 끌고 온 몸짓들
바다는 하늘빛을 담기 위해 몸을 뒤집는다

수레국화가 푸른 꽃바퀴를
내 문장 속으로 차란차란 흘려보내고 있다
이번 생은 계획된 방황이 아니었음을
해안선 쪽으로 날던 갈매기들이 기수를 돌려세우고 있다

5.
소라고둥이 부르는 날엔 비의 나라로 가서
나도, 키 큰 근심도 빗소리에 흠뻑 업히고 싶다
하얀 파도를 잘라서 머플러를 만들고
그 머플러 창가에 걸어 두고 오래 철썩이게 하겠다

내 지친 발 품어준 남대천에 그물을 치고
고래 힘줄처럼 질긴 사랑 하나 건져 올리고 싶다
걸핏하면 흔들리던 부표 같은 시간들
밤하늘 신전 기둥에 단단히 묶어 두고 싶다

6.

우주를 미장센하기에 딱 좋은 빛 한 자루
나를 흘러온 회색 시간 위에서 뭉근히 빛나고 있다
빛 다 떠난 항구에 밤 깊어 겨울이 오면
사랑이여 건강한 행렬 이끌고 수북이 남항진으로 간다

눈이 10미터는 와서 길이 모두 사라지면
허무에 익숙한 내 사랑과 손잡고 이글루 만들자
푸른 별의 사구를 넘어온 내 사랑이
쓸쓸하게 우는 사막여우와 손잡고 전설의 바다 경작할 수 있게

묵티나트*

말을 하러 와서 말은 하지 못하고 마음만
얼음의 변방에 내려놓습니다.
바람과 태양만이 황막한 호흡을 더듬어 가는
이곳에서 나는 만트라를 외며
물끄러미 세상 밖으로 비켜서 있어야 합니다.
시간조차 공손해지는 이곳에서
언어들은 모래바람처럼 산산이 증발하고
고산병환자처럼 숨을 학학거립니다.
아득한 사유 속에서
죽어 가는 누군가의 거울을 읽고 또 읽습니다.
바람이 나의 말을 지웁니다.
生의 모든 인연을 귀히 여기라는 듯
소금기둥의 뼈가 반질거립니다.
죽은 영혼들의 언어를 쓰는 야크 떼
일찍이 말을 씻고
재갈을 물고 사는 은둔자들을 위해
아이들은 마니차를 돌려 응원합니다.
별들은 어둠 가운데서 눈뜨므로

꿈의 사원은 설산 너머에 있고
내 사랑은 한 줌 먼지와 내통한 바람의 눈물 가운데서 있습니다.
물고기 떼가 손잡고
쓸쓸한 바람의 책을 거두어들이는 시간입니다.
허기와 동거하는 염소 떼가
제 품으로 흘러온 흙먼지의 손을 베어 먹습니다.
흙의 단단한 뿌리, 달콤한 말의 입술
룽다**를 물고 있는 앵무새는
마지막 밤을 보낸 나이팅게일의 흔적을 지우기 위해
벼랑 끝에 붕새의 둥지를 짓습니다.
거룩한 자의 밤은 진리를 꿈꾸는 후투티처럼
눈 밝은 이들이 불을 밝힙니다.
마음을 안고 엎드리는 것
말라 버린 계곡의 수로를 따라 운구되는
모래알갱이들의 장례식
한 생이 저물 무렵이면 계곡엔
저처럼 사랑을 잃은 말들로 술렁일 것입니다.

온몸 던져 우는 룽다처럼
계곡에서 산정으로, 산정에서 계곡으로
우우우 소리의 열차를 타고 달리는 사랑을
나는 꿈꿉니다.
동쪽에서 뜬 바람은 북쪽으로 저물고
북쪽에서 저문 바람은 동쪽에서 뜹니다.
물이 타고 불이 이는 곳,
땅에서 불이 일고 돌에서도 불이 일어나는
이곳은 신들의 땅
바람과 교감하는 자들의 꿈이 영그는
이곳은 지상에서 마지막 사랑을 읽는 대합실입니다.

* 해발 3,800미터, 네팔인들이 살아생전에 가장 가고 싶어 하는 불교 성지 묵티나트 사원이 있는 곳.

** 티베트인들이 소망을 적어 걸어 놓는 오색 비단 천.

지워진다는 것에 대하여

—함양 농월정에서

함양에 오니 나처럼 지워진 느티나무가 있네
누군가 나를 불태우고
지워 버린 자리
내 어린 날 울음통이 되었던 하늘들
그 허공, 인적 끊긴
길을 다시 내 혈관에 잇는 물소리들
나는 나를 명명하는 저녁나절 물소리에
그 흐름 속에 나를 망명시키고 싶네
오늘 나는 나에게 짧거나 긴 편지를 쓸 수 있겠네
오랜 세월 마음에
그림자 하나 늘여뜨린 채 젖어 있었다고
나를 지운 '그'조차 아득히 잊고
하이에나의 주파수 되어 바람을 쫓고 있었다고
함양에 오니 내가 버렸던
그 귀가 하얗게 낡아 버린 물소리가
폐허가 된 내 마음 서늘하게 어루만져 주네

녹슨 꿈 쪽으로, 한 뼘 더

1.
콘크리트 지붕 위로 쏟아지는 쇠못들이
이 밤, 당신의 영혼을 박제한다.
어느 각도로 휘어도 거부감 들지 않도록
부드럽게 당신을 무두질한다.

2.
늙은 회화나무의 그늘을 벗기고 들어가
밤고양이 울음과 접선한다.
검은 비닐봉지 속에 담긴 저것들은
차에 치여 도로의 일부가 된 족제비의 비명이 아니라
꿈을 압류당한 빗소리였다.

3.
일찍이 세상을 흑백으로 나눈 자는 누구였을까.
잠든 비바람의 조리개를 열고
정지화면 위로 뛰어오르는 탐욕들의 키를 잰다.
전선에서 떨어져 죽은 참새의 꿈이

신발을 벗고 물끄러미 나를 바라보고 있다.

4.

유폐당해 보지 않은 자의 울음은
결코 뼈가 부러지는 고통을 그려 내지 못한다.
자동차 안에서 부패한 이들의 마지막 기착지는 어디일까.
청계천에서 강제 이주당한 수초들이
유랑의 기록을 햇살의 파피루스에 기록하고 있다.

5.

세상 밖에 둥지를 튼 안부들은
세상 밖으로 가는 티켓의 존재를 모른다.
메시지가 도착했고 超人의 노래는 소멸을 이야기하는
우기에 안착하였다 지하수는
이제 바다 쪽으로 흐르는 밤을 지배하게 될 것이다.

6.

무덤 앞에 핀 천인국 한 그루

지그시 눈을 감고 안개가 쓴 문장 해독하고 있다.
당신의 후생이 열리기를 기다리며
빗소리가
녹슨 꿈 쪽으로 한 뼘 더 뭉근해지고 있다.

밍크고래가 돌아오는 계절

석고붕대 속 파도가 삐걱거릴 때마다
당신이라는 안위가 크게 흔들리기 시작한다
이방인을 그리워한 적 없으니
폭풍은 오늘 내 안에서 머물다 갈 것이다

부재하는 것들을 조문하는
천의 고민과 천의 휘파람 소리
땅거미에 쓴 기억을 허밍하자
굳어 있던 나의 먼 생이 흐르기 시작한다

결빙의 시절에 낳은 혁명은
다음 생으로 전송해야만 하는 징비록
알람 소리를 들쳐 업고, 불안이
더 큰 불안의 무렵으로 걸어가고 있다

미완의 문법을 가슴에 품고
볼리비아로 간 어느 혁명가를 생각한다
감기지 않은 눈을 핀으로 집고

어깨에서 굳어 가는 태양의 혈을 짚는다

층층이 삐걱거리는 시간의 유배지
나는, 저 흐리고 여린 난간을 어찌해야 좋을까
깊어 가는 시간의 동안거를 해제하고
밍크고래 한 마리 아주 뜨겁게 피워 올리고 싶다

불의 전차

보리떡 다섯 개와 물고기 두 마리로 오천 명을 먹여 살렸다는 그는 너무 멀지만, 보릿가루와 쑥으로 일곱을 키우신 당신은 너무 가깝습니다 코가 우뚝하고 수많은 제자 거느린 그는 황금마차를 타고 갔다지만, 코는 낮고 제자 한 명 없던 당신은 영구차 타고 가십니다

피 흘려 그가 구하려던 세상과 힘들어서 다 놓고 싶다던 당신의 세상 양쪽에 놓고 지켜봅니다 곧 온다던 그는 이천 년이 지나도 아무 소식이 없지만 다신 못 온다고 떠나신 당신은 아무 때나 찾아와 웃으십니다

물 위를 걷는 기 기적이 아이다 땅 위를 걷는 기 기적이다 불가마 앞에 쪼그리고 앉은 눈발들 당신의 말씀을 외워 댑니다 미증유의 땅에도 함박눈 내리고 개들이 함께 뛰어놀까요 밭고랑에서 부르던 당신의 그 슬픈 가락들 벌써 그립습니다

못 자국 선명하다는 그 손바닥 다시 본 사람 없지만

포수에게 쫓긴 노루가 들이받아 생긴 당신 아랫배 흉터 선명하게 불의 전차를 타고 가십니다 저 들판의 꽃들 흔들며, 저 하늘의 종달새 높이 지저귀듯

포커, 혹은 당신이라는

—패는 아직 도착하지 않았으므로 나는 기다릴 것이다 묽은 무늬 주름치마의 물결만 가슴에 묻고 돌아와 빈 나뭇가지의 새처럼 울었다 사월은 이제 한 끗도 높지 않으므로 누구나 자신의 이야기를 지어내는 일이 가능해질 것이다

한때 나는 골드러시
더 오를 곳 없는 조커였지만
당신을 잃고 나서부터
어디서도 읽히지 않는 계절이 되었다

바닥으로 잘 떨어지는 방법만 오백 년
골똘히 죽는 법에 또 오백 년
그러나 결국엔 허탕 치고 맥 빠져서
우울한 샹송처럼 꽁짓돈이나 빨고 다닌다

결과는 원인을 닮는다는 주장을
수용하는 것만으로 답이 되지 못한다는 말을 믿지 않

는다
적막의 몸통과 대면하면
서로가 서로에게 행한 갑질이 뚜렷이 보이니까

모래판에서 흘린 땀은 식어 가고
어디서나 금수저를 보게 될 거라고 떠들고 다니는 A
한 번의 운을 시험하기 위해
K는 두꺼운 안경을 쓰고 세상의 모두를 갈아 내는 중이다

허무가 몸서리를 치는 지금은 골든타임
신의 한 수가 간절한 패다
희끗한 눈발의 농간에 갇힌 나의 오직은
당신을 문명의 세기 이전으로 돌려놓고 싶다

주산지

이 고요에 들면 벗어날 길 없는 것일까
새들은 수면을 날지 않고
구름도 산봉우리에서 지켜만 보고 있다
어디서 너를 열고
어디서 나를 닫아야 하는 걸까
한 끼의 밥을 두고도
손은 서로 다른 방향을 떠서 넣는다
산그늘 한 뼘 거두는 일이
수목한계선의 새보다 더 버거운 날갯짓이어서
파문 가라앉기를 기다리나
나뭇잎들 쉬지 않고 바람을 불어 대고 있다
한 꼭지의 숨부터 조바심까지
물은 표정을 바꾸지 않고 흘러가는데
나는 쇳덩이 몇 개에 눌려
꿈꾸기 전으로 돌아가지도 못하고 있다
명경지수를 본 적 없어
물안개에게 잠의 질량에 대해 물어보는데
물그림자는 팽팽한 근력으로

등고선의 질서만 유지하고 있다
이 삶을 떠나 가벼워지라고
큰 그늘 풀어 수면에 대적전(大寂殿) 한 채 들이시려는지
왕버들이 빛의 소란들 그윽하게 수용하고 있다

찬란의 방식

송이째 목련이 몰락하듯
온 힘 다해 사랑해 본 적 있나요
목숨 바쳐 동백이 피어나듯
장렬하게 나를 던져 버린 적 있나요

얼음기둥에 갇힌 혀를 읽느라
눈이 햇살에 달라붙어 떨어지지 않습니다
어둠은 냉정하게 지져야 하는 장르
시들기 전에는 사랑도 비관적인 구조가 아닙니다

방향성 좋은 낱말들을 풀어
먼지 쌓인 애인을 가동시키려 궁리합니다
천천히 오해 속을 걸어 다니며
견정혈에 깊이 박힌 불신의 뿌리를 뽑아내고 있습니다

묵언 수행에 들어간 허기와
배고픔에 밀려난 포만은 동문일까요
균형 잡힌 논객의 펜으로

흔들리지 않는 사랑의 실체를 받아쓰고 싶습니다

습관성 패배를 앓아온 자의 몰락을
장애와 동의어로 읽지 않기로 다짐합니다
나는 따스한 날씨를 꺼내 입고
캄캄한 대지에 찬란을 맘껏 뿌리고 다닐 것이므로

3부

먼지를 덮어쓰고도 체온을 놓지 않는 거미

박명

저 그을음 속에는
제멋대로인 세상을 무릎 꿇리신
그분의
담배 한 모금이 있다

낙조에 들다

들길 따라
쑥부쟁이 한나절 지는
들녘을 걷는다.
가슴 풀어헤친 듯 걸려 있는
저 그림 나를 붙들고
먼먼 옛적의
연필 자국 선명한 그림엽서
바람에 떤다.
점점이 타들어 가는
물오리 한 떼
해는
목선이 발갛도록 울고 있다.

푸가

—매몰되는 가축들을 위하여

우러러 왔던 은유의 저장고는 비워지고
대지는 이제 말조차 건네지 않는다.
광속도에 치인 달빛이
제가 토해 낸 푸른 울음 조각을 긁어 보고 있다.
포클레인에게 떠밀리는 소와 돼지들
매몰되기 직전의 가마니에 담긴 가금류들
돌아올 길을 기억이라도 하라는 듯
별자리들이 가축들의 눈 감겨 주고 있다.
지문이 다 닳아 버린 손으로
너덜거리는 지상의 시간을 더듬어 본다.
인간의 숲에선 바람도 발톱을 감추고
엎드려 젖은 신발을 만지작거리다 갈 뿐이다.
숨이 붙어 있는 것들을 해머로 내리치지 말라.
아무도 말리지 않고 말해 주지 않는
길을 버려야 하는 자들의 길에서
종소리가 뎅그렁 뎅그렁 헐한 목숨들 배웅하고 있다.

밤의 흉곽에 깃든 입술 자국

어떤 날은 잠들고
어떤 날은 깨어 있다
녹슨 파도 소리를 수선하느라
혈관이 뚜렷해진 달의 규방
꽃을 꺾는 일은
그림자를 잃어버린 자의 밤을 수혈하는 것보다 비리다

그림자극을 상영하는 극장 앞에서
그림자를 동반하지 않은 자의 배후를 오래 읽은 적 있다
무대 뒤에는 비망록도 없이
사라진 것들의 비명을 찾는 따뜻하고 안쓰러운 궁구가 있다

끝내 아무것도 읽지 못하고 돌아와
문을 여는 밤의 흉곽에 깃든 입술은
신시사이저로 읽을 수 있는 음역대가 아니다
낡은 기타 줄 위에서

마음의 내륙으로부터 흘러온 바다를 연주하고 싶다

태풍은 언제나 예측한 항로로 분화하지 않고
해안선이 부리고 간 붉은 사이렌 소리는
녹슨 뱃고동 하나를 등대 깊은 곳에 묻어 놓고 철썩인다
들여다보아선 안 될 밤의 치부를 열 때
하나의 문은 가만히 닫히고
하나의 문은 흐느끼듯 둥근 고리를 내어 준다

그대라는 생의 별서에 들어
어금니가 부서진 별 하나를 입에 밀어 넣고
푸른 입술로 지그시 깨물어 본다
어떤 날은 깨어 있고
어떤 날은 울음을 안고 잠들어 있다

산벚나무 그늘에서 읽는 타로카드

산벚나무 그늘에 숨어 고양이는
얼마나 많은 의문의 부호들을 파헤치고 있나
경계의 무화에 누워 꽃들은
얼마나 많은 포자를 씨방에 새기고 있나
한때의 부음에서 돌아와
그대라는 달빛을 벚나무 아래 심는다.
거미줄에 걸려 허둥대고 있는
이 허기는 끝내 낙타의 등을 떠나지 못한다.
자욱한 세기를 끌고 온 불온이
낡은 서책 한 권을 턱밑에 던져 놓고 간다.
오늘의 마음 다스림은
켜켜이 쌓인 먼지를 편평하게 눕게 하는 것,
마지막 비상구를 봉인하기에 좋은
지층에서 누군가가 숨을 길어 올리고 있다.
거친 숨소리를 업고 바라보는 서로는
위안이 되어 주기를 바라는 일방적 요구들
꿈에 본 묘족(苗族)의 가족사는
훗날에도 모자를 벗지 않은 모습으로 발견될 것이다.

산벚나무 밖에서 떠돌던 낙타 한 마리
시간의 발을 벗고
타로카드가 열어 주는 세계로 들어가 문을 닫는다.

복제된 꿈

가짜가 진짜를 몰아내고 설쳐 대는
오늘 푸른 동굴에서 꿈을 꾸어요
양들은 철책 가에서 자라나는 머리칼을
아무렇지도 않게 뜯어 먹고 있고
바람은 사냥개의 두개골을 핥고 지나와
검정소의 뿔을 묻은 들판에서 침 흘리고 있군요,
그 넓적한 혀로
살아 있는 것들의 비명을 즐기려는 듯
풀들은 드러누워 내면의 고요를 되새김질하고 있네요
자동차에 치여 죽은 페르시아고양이가
아무 일 없다는 듯 샛노란 등불을 켜 들고
뛰어와 내게 안겨요
이 어둠 속 두 개의 구멍으로 내다보는
붉은 눈은 오래전 멎은 그 남자의 심장인가요?
그 구멍이 내게 말 걸며
손을 잡고 나긋나긋하게 침실로 걸어가요
내 침대, 여기 누워 킬킬대는
저 사내는 내가 아니에요

그러나 나의 아내와 아들과
충실한 나의 삽살개도 짖지 않고 꼬릴 흔들어요
고로쇠나무 썩은 가지에 잎이 돋아요
그 잎사귀 위에서 신은 침묵하고
태양은 눈을 감고 있어요,
시들지 않는 꽃, 우린 우화(偶話)의 강에 살아요
핏빛으로 출렁이는 강,
동굴 밖의 나는 복제되고 격리되고,
백과사전에서 이제는 이별, 죽음, 슬픔, 고통
이런 단어들은 찾을 수가 없어요
시험관 뱀의 방울 소리
내가 아닌 나의 동굴에는 숱한 복제물들이 반짝이고
물고기 뼈 위로 물이 흘러가고
그 물 위를 물고기가 걸어 다니고
세상은 너무 고요해서 자꾸 눈이 내려요,
썩지 않는 손들이 가슴을 쓸어내리는
그런 날이 오면
복제되기 전의 나는 땅 위를 걸어 다니게 될까요

원본 불변의 법칙이 사라진 지금도
나는 직립의 포유류, 눈 위를 나는 꿈을 꾸어요
복제된 나의 자연에서

21세기를 애도하다

—알베르트 자코메티의 눈이 걸어온 기법으로 볼 때 나는 가을비에 젖어도 쓸쓸하지 않겠다 가끔 내 그림자를 돌봐 줄 누군가를 생각하지만, 돌아보면 자기 그림자를 돌볼 수 있는 사람은 자신뿐이라는 것을 이해하게 되었다

결코 나는 고독을 벗어나려 애쓰지 않는다

우아한 음악이 떠난 카페에
씨알도 부실한 음표들이 남아 떠들고 있다
누군가는 키 큰 관목 숲에 목을 매고
누군가는 벼린 칼을 심장으로 가져가고
누군가는 약을 털어 넣고 싶다고 울먹이고 있다

바람 분분하고 안개 자욱하다
오래 둘 수 없어 안타깝지만 슬픔은 교환되지 않는다
처음부터 거기를 만지는 게 아니었으므로
눈 감고 올가미 속 그늘을 읽어야 했다

오래전 끌고 온 길이 매달려 나를 절름거리는 거기를

내 안에서 자라는 우울을 지우고
바오밥나무의 둥근 지구를 메뉴에 올리기로 한다
가파르게 부는 바람의 내륙으로 떠밀리는
오늘 극점에서 떠는 나는
아랫목에 누운 나에게 구원의 신호를 보내야 한다

눈물 한 주먹을 시위에 매겨 본 적 있는가
돌아갈 계획이 없던 옛 저녁이
백 년 뒤의 침실에 먼저 와 기다리고 있다
밤의 창에 음각된 방울뱀이
사막의 달을 그러안고 망명을 속삭이고 있다

나는 결코 슬픔을 벗어나려 애쓰지 않는다

넘어져도 일어나고 엎어져도 일어나야만 하는
나의 고도를 위해

내 낡은 문장을 지구 밖에 벗어 놓기로 한다
파괴된 모든 이름이 상처를 벗는
둥글고 둥근 세상을 내 품에 들이기 위해 나는

가혹한 봄날

까치발로 몇 세기를 갸웃거리다
하필이면 지구의 오늘에 빠지고 말았습니다.
그러니 산비알을 오르는 는개의 뒤태는
차분히 읽어도 숨 가쁜 일입니다.
느티나무가 푸른 주렴을 흔들어 땀을 식힙니다.
호수가 뜬구름을 필사하고
새들이 휘파람으로 항로를 개척하는 까닭에
푸른 허공에 놓아기른 달빛은
적당한 농도의 수묵으로 가려 주어야겠습니다.
마음 공양을 하라는 것인지
절간의 풍경 소리가 자주 밤을 두드리다 갑니다.
사바의 일은 사바의 창으로
안과 밖은 서로 다른 눈으로 시차를 건너야 합니까.
현상과 울음이 한꺼번에 불러 대는
바람은 제목조차 난감한 꼭지라 정의하겠습니다.
등이 흰 구름이 등이 굽은 구름을 부축하고
덩그러니 놓인 어둠이 내 손을 당겨 읽습니다.
당신이라는 함수에 빠진 나는

늑골이 휑하게 드러난 밤을 주문해야 합니다.
우울한 영혼의 설국에 이르니
바람의 혀가 귓불에서 사납게 잉잉거립니다.
해를 지고 벼랑 끝으로 오르는
내겐 까닭도 없이 노을이 쓸쓸하게 읽힙니다.
먼지를 몰고 오는 바람의 배후는 늘 수상합니까.
내 안의 어둠이 맡겨 둔 희망을
당신에게 보내 주는 실수는 이제 않아야겠습니다.
오래 젖어 있진 않기를
뒤척이는 강의 낌새 놓치지 않기를
절망을 희망으로 쏘아 올리기 위해
나는 물안개의 창을 부디 연두로 바꾸겠습니다.

바람에 젖는 기타의 감정
—고트프리트 벤에게

막장에서는 누구나 내일을 기약할 수 없다. 빛은 저당한 죽음을 다시 찾아올 때에만 만질 수 있으므로, 안부를 묻는 일이 더없이 감사한 일임을 되새기곤 한다. 갱도로 들어설 때마다 곡괭이를 메고 뒤를 한 번씩 돌아보는 습관이 생겼다

누구에게나 사랑은 있다고 고백하고 나니
내 부름켜가 단단하게 부풀어 올라 민망해지는군
얼룩진 기억들 위로 부는 바람이
마중물 없이도 흥흥한 시절을 복제하고 있네
누군가 밤새 매달아 보낸 종소리가
내 안의 어둠을 하루 더 돌려 세우고 있고
봉분도 없는 무덤에서 부화한
새들이 지극히 통속적 문장을 묘비에 심고 있네
빗줄기가 출발한 곳으로 가기 위해
폭풍의 손바닥 위에 상처를 올려놓고 있네
추악한 변명 대신 주검을 노래한
시체공시소의 문법을 다시 쓸 수 있는 날이 올까

출구가 없는 지상을 연주해 온
나는 신의 죽음을 알지 못했던 것이 분명하네
문명의 자화상을 읽은 모래바람이
순서도 없이 가는 묘지로 이적하고 있다는 소식이네
막장에서 캐낸 문장을 소개하겠네
피를 먹고 자란 꽃이라 어두울 것이네만
신의 섭리라 여기고 기쁘게 받아 주기 바라네
'눈이 까맣게 퇴화한 종소리는
전장의 아침을 깨우던 나팔수의 돌아가지 못한 고향
언덕에 있는 예배당을 기억하고 있다'

기억은 사육되지 않는다

밤은 지독히도 외로운 화면
어둠이 연노랑의 봄을 미장센하고 있다
꿩병아리를 쫓다 넘어진 무릎이 깨어나고
어딘가로 달아난 꽃들이 서로를 수소문한다
전 재산인 돼지 스무 마리가
모두 죽어 버린 그해
아비의 희망도 리어카에 실려 나갔다
그때 먹구름은 오래오래
내 청춘을 안개 속으로 끌고 다녔다
낮의 안경을 벗으니
관객은 가장 위험한 그림이 될 수 있음을 알게 되었다
기록으로 남은 건 아니지만
버지니아 울프는
고를 수 있다면 기억이 아니라 망각을 고르겠다고 했다
개들이 자신의 죽음을 예견하고
화면 여기저기에 오줌을 갈기고 다닌다
거리마다 무덤이 늘어나고
내 눈은 자주 허공의 해바라기를 움켜쥔다

인생은 짧고 예술은 길다는 문장을
심미주의자들에게 처방전으로 쥐여 주어야겠다
설야(雪夜)엔 처음 보는 음악을 입고
불가능을 가능으로 읽는 안경을 쓰는 것이 좋겠다
음악을 일찍 닫은 장면들은 위독하다
밤은 혁명을 꿈꾸기에 적합한
젊은 파르티잔들의 성지라고 기록한 적이 있다

바람의 관할

바람의 행적은 허블망원경으로도 다 읽을 수 없다
코밑에 돋아난 별이 하얗게 스러진다
식어 버린 울음이 검게 박제되고
조종간을 잡은 바람이
한 번도 닿아 보지 못한 영토를 개척하고 있다

꽃은 비수를 감추고 태어난다
어느 경로로 그리 된 것인지는 모르나
바람이 불면 물비린내가 심하게 요동친다
물안개의 저 고요한 중심에는
끝내 못 밝힌 꽃의 뜨거운 울음이 살고 있다

오래 바람을 좇다 보면
먼 기적 소리에도 가슴속 종이 울 때가 있다
지상에서 가장 높은 이상을 앓던 청춘
눈 덮인 나목들의 행성들
억새 능선에서 하얗게 바람과 대작하고 싶다

바람의 생은 전자현미경으로도 다 캐낼 수 없다
다 늙은 말이 발자국을 끓고
바람이 낳은 세이렌의 노래 듣고 있다
폭풍 전야의 아침바다를 열면
바깥보다 안이 더 위험하다는 풍백(風伯)의 고백이 있다

거울

아무 색깔도 가져 본 적 없지만
나는 가끔 목마른 짐승의 눈빛으로 내 안의
사나운 이빨을 돌려세우곤 한다
겉장도 다 읽지 못한 천문을 열고
새 한 마리 먼먼 광야로 쏘아 보내기도 하고
내 안에 갇힌 서러움을 간지럽혀 웃기도 한다

단단한 바위산을 무너뜨리고
녹이 벌겋게 슨 함성들을 발굴해 낸다
기세등등한 당신을 흘러온 바람이
야생에 엎드려 대지에서 피를 수혈하고 있다
너의 이면이었고 나의 민낯이었던
이 부질없는 배경에 30만 년간 안개주의보

사각의 틀에 갇힌 공포들 온순해지면
네게로 향하는 내 연민도 조금은 낮아지겠다
눈발이 방향을 모르게 후려치고 있는
이번 생은 대체로 흐림

읽히지 않는 진실 앞에서 바람은 자주 수묵의 기세로 불고
배고픈 짐승의 눈빛을 잉태한 나는
모든 윤리를 해체하여 묻어 버리고 있다

너무 일찍 철이 들어 버린 것일까
저 환한 꽃들의 배후에서 누군가 나를 읽고 있다
수분이 되지 않는 계절이 꽃을 꺾어 들고
캄캄한 나를 비춰 보고 있다
어둠에 갇힌 내 영혼 톡톡 두드려 깨우고 있다

문장들

저녁을 깨우는 적요는 거미의 오래된 은유
먼지를 덮어쓰고도 체온을 놓지 않는
거미가 환한 박명의 무늬를 읽고 있다
나침반을 내려놓고
혼자만의 방식으로 키를 키워 가는
불안에 관해 생각한다
모래의 말들이 흘러 강을 이루고
불에 탄 날개가 성한 날개를 끌고 어딘가로 가고 있다
누군가를 사랑했다는 기록은
화석이 되어 버린 연대기에서 발견될 것이므로
나를 벼리고 기다리기로 한다
잠이란 죽음이라는 처소에 접근하는
하나의 방식, 청진기로 검색한
부고(訃告)에서 사랑의 배후를 끄덕이게 되었다
모든 저녁은 경건해지고
의문의 부호들이 무릎을 꿇는다
공소함을 부려 놓고 격정을 끌어내 보지만
거미는 끝내 속지 않을 것이다

눈가에 번지는 고요는 사소한 은유의 기법이므로.

위험한 동화

우리도 꽃이었던 때가 있었을까
사면이 바다로 둘러싸인 곳에서 태어난
우리는 위험한 동화 속 주인공들이다
냉정과 열정 사이에 혀를 박고
고통을 키질하는 나비의 영혼을 본다
게임에 중독된 인간들이 뛰어들어
한 방향으로만 차들을 보내려 광분한다
연역적 기법으로 귀납적 문장을 읽는
당신은 오래된 남루
어제와 내일의 틈새에 낀
오늘을 미래가 캄캄한 탁류 속으로 끌고 간다
아득하게 먼 세기를 해동하면
냉동된 다랑어도 눈 뜨고 다시 헤엄쳐 돌아오게 될까
편집이 다 끝난 잡지의 표사 밖에서
꿈의 열도가 기억들을 짜깁기하고 있다

4부

나는 오늘도 내린천을 지휘하고 있다

오리

물음표 한 쌍이
종일 호수를 검색하고 있다
잃어버린 처음을 찾아
남루해지기 전의 원본을 찾아
비 그친 호수를
재구성하고 있다
너는 나에게로 오고
나는 너에게로 가는
태초의 봄을 찾아
두 발로 종일 지구본 돌려 보고 있다

설국의 무렵

댓돌 위 신발들이 내 뒤틀린 발을 수습하고 있다
평지를 걸어온 달, 우기를 건너온 별
세상의 경계를 넘어온 후일담까지
차례로 마름질하고 있다

맞지 않는 세계에 발 들인 나는
전생에 낙타를 타고 떠돌던 검객이었을까
사막 여우가 누워 있는
모래 구릉의 그늘이 피안으로 읽힌다

누군가 가끔씩 내 옆구리를 열고
D장조로 악기를 연주한다
액자 속 등대 불빛이
먼 옛적의 해안선을 꺼내 되새김질한다

어둠을 앓고 있는 내 머리에
간밤에 소쩍새가 날아왔던 것일까
찌르레기 떼 어둑하던 하늘이

설국의 무렵을 아침의 창에 부려 놓고 간다

우듬지에 붉은 화엄을 내걸고
반가운 소식을 기다리는 마당가 고동시감나무
유의미와 무의미는 자발적 징벌일 뿐
새들은 전선 위에서
삶과 죽음을 두 개의 선분으로 이해하지 않는다

하루 치의 바람을 재단하는
벽시계가 오후 세시 근처에 잠들어 있다
방랑은 이 무용한 시대에
왜 자꾸 밖으로 나를 내보내려고만 하는가

는개 내리는 오후의 창에 걸어 둔
내 청춘의 무용담들 희끗하게 멀어지고 있다
빈 술병 위에 쓰러진 신발 하나가
흐린 눈으로 멀쩡한 하늘을 닦아 내고 있다

마름질

대청마루에 앉아 거친 생각을 다듬고 있는데
대들보에 걸어 둔 바람이 덜컹 나를 열어 보고 간다
바람 지나간 경계에 남은 건
모진 시간에 항거한 담쟁이들의 억센 손금들
야합으로 세상에 왔다 간 것들의 발자취는 보이지 않는다
오래 묵은 기억을 열고 사포질한다
고목에서 햇살이 발그레 깨어나고
고장 난 영혼들이 덜컹덜컹 숨 쉬기 시작한다
형태가 온전하지 않은 것들의 기억은
몽타주로도 그릴 수가 없다는 것이 정설이다
흉터가 보이지 않는 일련의 문장에
생을 탕진해 버린 자의 광기가 스며 있다
궁리를 더해도 어둠뿐인 생이라면
허무를 껴안고라도 행복해지는 편이 나을까
궁휼과 안정의 경계에서 종종
혼란을 쫓아내는 휘파람소리 들린다
쓰라린 휴식*을 알리는 알람 소리들

여백에 걸린 창을 마름질하는 물방울들
연두가 출렁하고 갔으므로
영혼의 내륙으로 흘러간 그대가 궁금해진다
이 저녁은 아픈 이름 하나를 오래 앓아야 할 거 같다

* 스테판 말라르메의 「쓰라린 휴식이 지겨워」에서 차용.

굴뚝이라는 높이

모든 생은 마뜩한 높이 하나씩 품고 살아간다
하얗게 뿜어 대는 공장 굴뚝만 보면
그 앞에 엎드려 절하고 싶은 생이 있다
몸살로 입시를 치르지 못한 그녀는
상급학교 교복 대신 생업의 제복을 입어야 했다
공부가 일생의 꿈이었지만
가난과 무지에 내몰린 시대에 떠밀려
자본의 시녀로 끌려가고 말았다
책장을 넘기는 대신 제사공장의 물레를 감았고
고치 독에 피부가 짓물렀다
그랬다 봄날은 저 홀로 연분홍
명주실에 베인 손에서 피가 뚝뚝 떨어졌다
절대의 궁구인 월급을 받는
그날은 온 식구가 달려들어 그녀를 뜯어먹었다
겨우 몇 천 원을 쥐고 돌아서는
그녀를 부엉이가 서럽게 위로해 주었다
'나 하나로 끝나야 해
구걸하지도 말고 포기하지도 말고

삶에게 절대 무릎을 꿇어선 안 된다'
취직하겠다는 나를 뜯어말린
그녀는 다시는 서러운 겨울밤을 연주하지 않았다
제사공장 굴뚝 다 사라진 천국에서
그녀 서서히 낡아 가고 있고
그녀 발치에서 나는 시를 쓰고 있다

내린천 오케스트라

나는 원추화서봉을 쥔 상임지휘자
우리 단원은 사연 몇씩 간직한 별이고
관객은 따스한 가슴을 지닌 지상의 모든 풍경이다
관객들이 오기 전 서쪽 하늘에선
뒤늦게 나온 별이 먼저 나온 별들과 호흡을 맞추느라
구슬땀을 흘리고, 반딧불은
연신 은하수를 길어 나르느라 숨을 깜빡인다
공연을 시작하기 전 개밥바라기는
한껏 들뜬 손으로 들꽃을 꺾어 무대 앞쪽을 치장하고
바이올린을 켜는 눈이 참 예쁜 별은
깨끗한 풀잎 활을 켜서 편안한 객석을 만든다
미처 자리를 잡지 못해 나무에 오르거나
바위에 토란잎을 깔고 앉은 관객들
무대 쪽으로 연결된 창에서 소쩍새 소리 들려오면
내린천 은사시숲을 나는 지휘하기 시작한다
이 지상의 무엇에도 그을리지 않은 관객들은
모차르트를 좀 모자라게 지휘해도
눈 깜빡이며 귀 기울여 주고

은하수가 마을을 범람해도 꼼짝 않고 듣는다
그러나 흥이 나기 시작하면 너도나도
가슴에 나뭇잎 배를 띄우고
악단과 관객이 하나 되어 내린천을 연주한다
그러다가, 제 설움에 자리를 박차고
아득히 먼 곳으로 달아나는 별똥별도 있지만
어디를 가느냐고 묻지 않는 것이
이 공연장의 규칙이다
밤이 깊어 모두가 돌아가고 나면
공연장엔 맑아진 영혼들만 남아 밤을 연주한다
샛별, 찬 이슬, 물안개, 강물……
나는 동이 틀 무렵에야 비로소 무대를 내려선다
모두가 관객이고 모두가 연주자 되어
이 황폐한 시대를 무사히 건너길 기도하며
나는 오늘도 내린천을 지휘하고 있다

메꽃

이 한 끼만 머물러 주시면 어떨까요,
한 시절의 몰락을 정리해야겠습니다.
펼친 시간을 다 접지 못했다면
캄캄하게 갇히는 날이 많아질 것입니다.

슬픔은 희화화가 마땅하다지만
영혼이 없는 목소리는 그래도 반려해야겠지요.
돌부처의 무릎에 입적한 새똥이
오늘은 그 어떤 말씀보다 경건하게 읽힙니다.

기껍기만 하던 당신 숨소리가
오늘은 비틀리고 버석거리기까지 합니다.
어떤 색을 기르면 좋을까요.
'메꽃'하고 당신이 준 꽃말 같은
눈이 멀어 버려도 좋을 시간이라면 좋겠습니다.

안간힘으로 지킨 들판을 거둬 가면서
흔한 지전 한 장 명부에 놓지 않겠다니요.

밤낮도 없이 폐허가 찾아오고
황량한 사막에서 다시 길을 잃고 헤매고 싶습니다.

무수한 무용담이 걸어 다니는 이 전선도
철군의 나팔소리 하나면 다 정리되고 말겠지요.
오늘 한 끼만 머물러 주시면 어떨까요,
당신의 체온을 찾고 싶은데 도무지 만져지지가 않습니다.

튤립나무가 보이는 병동

정형외과 병동을 열고 들어서는
저것은 국경 밖에서 온 시베리아 칼바람
기다리던 봄 햇살이 아니라
내 옆구리 들이받아 공중 낙화 시켜 버린
브레이크 없는 트럭
견고하면 두려움에게 걷어차이고
사소하면 달의 눈썹만 봐도 글썽해진다
한 번도 외로워 보지 않은 자
오래도록 그리움에 가닿아 보지 못한 것
시간의 발자국 앞에 엎드린
바람이 제 꼬리를 물고 목청껏 짖고 있다
불멸의 사랑이란
눈 속에 갇힌 고양이의 울음을 꺼내 핥아 주는 것일까
병동 앞 튤립나무가
온몸에 초록빛 종소리를 매달고 있다
굳어 버린 깁스 속의 사랑아
네 심장에도 피 돌고 칼바람 무디어지고 있는가
미치도록 안고 싶은 삶을 데리고

나 저 레일 위를 미끄러지고 싶다
봄날이 연둣빛으로 물드는 병동 밖 저 국경의 밤을 향
해

구름법원장으로부터 온 편지

—어느 날 구름법원 가사 단독으로부터 등기우편을 하나 받았다
초원의 염소 한 마리가 당신에게 소를 제기하였는데
어찌 처신할 것인지 미리 답변을 준비하라는 질책의 글이었다

[피고 귀하]

겨우 염소 한 마리를 건사하지 못하여
그 염소가 밖으로 나돌게 하고
끝내 집보다는 밖이 그립도록 한 죄 인정합니까
그가 가족을 기만해도 모르고
가족보다는 제 욕구를 우선적으로 채워 왔는데
그걸 방치하여 오늘 이 사단이 나게 한 죄도 인정합니까
몰래 초지를 담보로 돈을 빌려 쓰고
그 이자를 내지 않아 가족들 길거리로 나앉게 되었다는데

무슨 가장이 그따위로 허깨비입니까
염소의 바람기를 못 다스린 건 고사하고
아예 다른 놈과 새 외양간을 차리도록 방임한 죄
각오는 단단히 되어 있는 거지요
노후 대비용 집을 몰래 팔다가 들키자
오히려 자신이 피해자라고 주장하였고
품위유지비용까지 내놓으라고 소장에 적혀 있는데
남자 망신을 혼자 다 시킨다는 사실 알고 있습니까?
그놈의 자식이 뭐라고 이혼 후에도
자식을 팔며 계속 보험료 내달라고 떼를 쓰는지
평생 부은 연금의 절반도 내놓고
앞으로도 주장할 사안이 많이 있는데 일체 방어하지
말고
달라고 하는 대로 다 해 주라는
이런 소송 내 듣도 보도 못하여 기가 찹니다
양심을 통째로 팔아먹고
그 심장에 털이 무성하도록 간덩이 키워 준 그 죄
위대한 나의 신께서도

도대체가 기가 막히는 소송이라고 선몽하셨으니
목에 딱 힘주고 땅. 땅. 땅
그만 선고하고 싶은 생각 굴뚝같습니다만
봄날이 하도 아까워서 몇 자 적어 보냅니다
부디 앞으로는 가족이라는 이름에 얽매이지 말고
세상과 어울리며 살기 바랍니다
얻어맞으면서도 애걸하는 노예처럼 살지 말고
부디 좋은 세상으로 망명하시길 권합니다!
잘 기획된 범죄는 죄형법정주의가 적용되지 않으므로
부디 현명한 처신 있으시기를

지리산 노을

1.

남해 금산보다 훨씬 더 붉게 산화한 이름을
나 오래도록 사랑하고 있네.
그 여자, 공원길 걸어갈 때면
뭇 사내들 애완견처럼 순하게 만들어 끌고 가지만
그녀의 눈을 보고 있으면
세상 시름 헤치고 달려온 가시밭길만 생각나네.

무성한 푸름 접고 달려와
팔 벌려 안아 주는 만복대의 억새능선처럼
자신의 위험 따위는 천황봉 아래로 던져 버리겠다는
그녀들.
너희들 위해서라면 당장
맹수들과 맞장이라도 뜨겠다고,
팔다리 둥둥 걷어붙이고 나서는 세상의 그녀들.

2.

평생을 쪼그려 밥을 뜨다가

끝내 노을의 부름을 받고 달려간
한 여자를 나 오래도록 지우지 못하고 있네.
실크원피스보다는
질긴 월남치마가 더 잘 어울리고
뾰족구두보다는 자신의 남루가 더 편하다고 여기던
그녀.

식구들 다 먹이고
솥단지 박박 긁어 한 그릇 물로 배를 달래던
한 여자의 허기 채워 주고 싶네.
생의 마지막 순간까지 푸른 등 밝혀 들고
청잣빛 달을 오래 디뎌 건던,
단 한 번도 동화 속을 떠나지 못하고
자신이 만든 이야기 속에서 붉어져 버린 그녀.

3.
백두 금강보다 높고 깊은 골짜기들 거느린
그 이름을 나 오래 기억하고 있네.

캄캄한 밤하늘에 소원을 판화로 새기며
억새처럼 억세게 질겨져 버린 삶을
둥둥 가슴속 북소리로 달래며 승화원 불길 속으로
스르르 미끄러져 들어간 여자.

속을 다 주고 밀려난 소라껍질처럼
가슴 한쪽에서 휑한 바람 소리가 울어 대면
겨울 바닷가에 가네.
축 늘어진 해안선의 가쁜 숨결 만지러,
만지면 물컹하고 설움이 번져 번져서
온 하늘이 시뻘겋게 불타는 지리산 노을 만나러.

푸른 교실

흑염소들이 허공을 되새김질하고 있다
가만 보니 되새김질만 아니라
무언가를 쓰고 지우기도 한다
가로로 받아쓰고 세로로 받아쓰고
네헤헤 네헤헤 알았다고 고개를 끄덕인다
그러고 보니 여기는 야외 교실이다
수염이 센 다 늙은 염소도 있지만
이제 막 수염이 나는 녀석도 있어서
그야말로 선생 노릇이 여간 힘든 게 아니겠다
수염 거뭇한 두 녀석이 튀어나와
머리가 깨지라고 부딪치며 힘자랑을 한다
뒤로 돌아서서 짧은 꼬리를 치켜들고
산탄총을 쏘아 대며 전투를 벌인다
흙먼지가 일고 보리가 알을 배고
푸드덕 까투리가 장끼를 따라 달아난다
저쯤 되면 영 공부하겠다는 태도가 아닌데
이쯤 되면 한 번 막가 보자는 것인데
아무 일도 아니라는 듯

태양은 서쪽 하늘에서 빙그레 웃고 있다
뉘엿뉘엿 지켜보고 있다
저것이구나, 스스로 깨달을 때까지
믿고 지켜봐 주는 것이 선생이구나
흑염소 떼가 학교를 나서고 있다
오늘 배운 것을 복습하며 줄줄이 하교하고 있다

테크노댄스

오래된 관행부터 내려놓고
흔드세요, 깊은 상처일수록 가볍게
차별 없는 시간을 향유해 보기로 하지요
에스 라인이거나 드럼통이거나
자본주의거나 사회주의거나
진보에서 보수로 보수에서 진보로
헤드뱅잉하며 섞여 보자구요

지워야 할 것들이 너무 많다고요?
거짓과 가식에도 찬사를 보내온 테제군요
영혼이 가출한 빈집들
느글거리는 감탄사들과 맹목적인 충성들
아무리 웃는 손으로 만져도
담보가 불가능한 사랑은 가짜일 뿐입니다

환장하게 반가운 소식은 언제나 올까요
불빛이 바닥을 기어오르고
바람이 경계를 겉돌고 있다니

아득하여라, 당신의 생은 안녕하신가요
축복은 마시고 흥분을 들고 있으니
내일은 우울이 개봉박두 할 차례군요

발해에서 흘러온 고래등에 불 밝히고
거문고를 연주하고 있나요?
음악이 바뀌었군요, 이 악물고
스트릿 댄스 배틀에 뛰어들자고요
델리키트로 인도하는 스키니진을 입고
지방보다 환상통이 먼저 빠져나가는 경험을

다급한 사이렌 소리는 내가 마실게요
탈탈 털고 볼륨에 얹자고요
그대들, 모든 세상의 애인들
테크니컬하게 리드미컬하게 에스라인을 꿈꾸세요
남몰래 흐르는 눈물들
암모니아향 풍기는 당신의 마지막 유전자들과 함께

돌그릇

외모가 잘나지도 않고
특별한 재주도 없는 나는
정 맞지 않게 살려 노력 중입니다
향기가 곱고 지위가 높은 이들을 보면
얼마나 좋을까 생각했습니다만
한 번도 부러워한 적 없습니다
마음씀씀이란 본래
싹트는 순간부터 가꾸고 다듬는 것
만지면 부서지고 마는
그런 다짐은 거들떠보지도 않습니다
맘속 어둠을 걷어 내고
보름달처럼 환하게 둥글어지려고
자주 죽비를 내려칩니다
비워야 비로소 채워진다는 그 진리를
운수납자들 통해 배웁니다
빙긋이 웃거나 탐스럽다고
만져 보는 저들도 다 까닭 있겠지만
튼실한 사유에 반듯한 은유가 뒷받침되는

그런 사유를 나는 꿈꿉니다
포퓰리즘에 빠져 밥을 멀리하는 자는
빈 깡통 소리만 요란하다 깨집니다
속을 다 비워 낸 그 자리에
신실하고 따스한 정을 담는 그릇이고 싶습니다

천전리 암각화

하늘에는 알 수 없는 문장들이 음각돼 있고
한겨울인데도 꽃이 피어 있네요
하동(夏童)들이 뛰어든 골짜기는
새들의 궁벽한 겨울나기가 진행 중이겠죠?
흐린 눈을 닦는 낮달의 배후가 궁금하지만
태양의 연대에 관한 담론은
이 생에선 관망이 바람직하다 여깁니다
열두 폭 병풍 속의 산들이
늑대의 목을 쳐들고 허공을 으르렁거립니다
먼 세기를 흘러온 바람은
인간의 날개이자 함정이었지요?
사슴은 소문을 등지고 서서
흩어진 가족들의 위도를 수정해 줍니다
큰 바위 뒤에서 어미고래가
후일의 바다를 경작할 시간을 낳고 있군요
허공에 금줄을 내어 거는 대숲의 노래는
부드럽지만 휘지 않는 곡조라서
이 왕국에 휘파람을 몰고 올지도 모르겠습니다

진양조를 추는 두루미를 보니
거북 등에 새긴 전설이 깨어날 시간인가 봅니다
황소만 한 범이 등잔만 한 등을 밝혀 들고
아름드리 소나무들의 질서 사이로 걸어옵니다
구름 깊어지면 나무들은 모두
하늘을 연주하는 악기들이 되는 걸까요?
어느 순간엔가 밤 깊어서
공룡 발자국 화석에 들어가 누워 봅니다
먼 우주에서 출발한 시간이
밤의 바다에 와서 발을 벗고 있습니다
그립다는 말, 그 은밀함을
문득 입술 밖으로 꺼내고 보니
우주에서 가장 빛나는 음악은 당신이었습니다
수염이 허연 노인이 건네준
그 붉은 꽃은 바위 속에서 꺾어 온 것,
세상에서 하나뿐인 음악이
짐승들의 머리 위로 날아오르기 시작합니다
천 개의 하늘과 천 개의 세상

하늘에는 온갖 짐승들이 걸어 다니고
노인이 꽃을 쥐여 주던 그 자리엔
아름드리 노송 한 그루 묵묵히 서 있습니다
그래요, 3천만 년이 흘러도
나, 그 눈밭에서 그을리고 있겠습니다
처음 당신을 만나 눈멀었던 그 세상에서의 마음 데리고

강릉 남대천

저 홀로 낡아 가는 물억새처럼
먼 바다로 간 물결은 그리워 말자
미끄러지는 것들의 배후는 분주하게도 어두워
물오리들 칸칸이 무너지고 있다
이맘때가 되면 밍크고래가 돌아올 텐데
집어등은 고래가 닻을 올리는 그 무렵이 절정이어서
어부들 홍청홍청 서쪽 하늘에 그물을 친다
어둠을 풀어내고 말갛게 눈뜨는
만월은 내 그리운 바닷새들의 비망록
갯벌을 일구느라 다 흐려진
백로의 저 야윈 발자취는 어찌하면 좋은가
절망 깊은 곳에 숨은 당신을
남대천 밤하늘에 초대하고 싶다
저 캔버스에 뿌린 내 고백들로
멀어지려는 당신의 걸음 자꾸 시큰거리면 좋겠다
남대천 푸른 물빛이 키운 갈대밭에
텅 빈 마음의 항구 하나 정박시킨다

장맛비

굴뚝성지 구로공단이 빤히 보이는 가리봉동
그 어둔 하늘에 비 내리고 있다.
창고의 쪽문 같은 창을 열면
시커먼 굴뚝 사이로 검은 하늘이 노려보던
그 사글세방에도 비 내리고 있었다.
입주한 첫날 밤 쳐들어온
연탄가스를 너는 곰팡이 냄새라고 우겼지만
난 비틀거리며 거길 떠나왔다.
그때 우린 어렸고
청춘을 뒤흔든 경계선 따윈 보이지 않았다.
그렇게 아득히 멀지도 않은 훗날
나는 누군가로부터 생을 버렸다는 네 소식을 들었다.
불혹의 어느 경계선이었고
그 밤의 불빛 아래 나는 홀로 잔을 부딪쳤다.
그 길로 서울을 떠났지만
친구야, 이렇게 다시 서울 하늘 아래서
한 줄기 비를 긋고 있다.
연탄가스가 쳐들어오던 그날 그 시간의 굴뚝 위로

네 울음소리 억수같이 쏟아져 내리고 있다.
비문증(飛蚊症)처럼 노랗게 번져 가는 이 밤의 가운데서
네게 한 줄의 시를 쓰고 있다.

정적(靜寂)

박명(薄明)이 빚어낸 환함은
그 어른의 마음,
어둠과 그 주변을 어슬렁거리는 것들은
초대를 받지 못합니다.
모든 방향이 귀를 세우고
안경을 닦고
신발 끈을 조입니다.
쇼윈도 안 보석들이
블라인드 틈새로 스미는 체온을 회상하고
기침을 쿨룩거립니다.
어둔 목소리들이
먼지의 계곡으로 흘러갑니다.
낡은 러닝화가
선분을 이탈한 점들을 헤아립니다.
환함이란
비움이라는 말의 다른 얼굴
그늘을 비운 꽃들이
밤하늘 어느 별자리의 이름처럼 빛납니다.

꿈길에서 본 그 발자국까지 환합니다.

소나티네

닿으려는 것들을
누가 팽팽하게 견제하고 있는가
당신의 눈은 레일 위에 있고
내 눈은
미끄러지는 기차의 꽁무니에 달려 있다
은사시숲을 지나
벌거숭이 마을로 진입하는 떡갈나무들
가을 숲을 태우는 일로도
한 악장은 비릿해질 거 같다
그대라는 거리
지평의 너머까지 평행하여
산 그림자의 안부가 문득 궁금해진다

| 해설 |

고통의 내면을 응시하기
—한석호의 『먼 바다로 흘러간 눈』 읽기

오민석(문학평론가)

1.

19세기 리얼리즘의 시대에 작가들의 시선은 주로 외적 현실을 향해 있었다. 그들에게 인간은 '사회적' 존재였으며, 인간에 대한 모든 설명은 객관 현실과의 '관계' 속에서 이루어졌다. 그러나 20세기 모더니즘으로 넘어오면서 작가들의 관심은 인간의 내면으로 크게 선회하였다. 양차 세계대전을 거치며 황폐해질 대로 황폐해진 현실은 모더니스트들에게 그 자체 '악몽'이었으며 혐오의 대상이었다. 게다가 현실은 유사 이래 그 어느 때보다도 복잡해지고 파편화되어서 거의 이해 불가능할뿐더러 재현 불가능한 대상이 되어 버렸다. 모더니스트들은 혐오의 세계와 단절하면서 인간의 내면을 파고들었다. 그러나 그들이 마주친 인간의 내면은 밝고 건강한 것이 아니라, 어둡고 왜곡된, 폭력과 광기의 병리학적 공간이었다. 근현대 한국문학사상 시인이자 소설가인 이상을 제외하고 이 무서운 '동굴 속의 짐승'에 대하여 본격적으로 탐구한 작가들은 별로 없다. 최근 들어 일부 시인들이 무의식의 담론을 끌어들이고 있지만, 그것을 파헤치는 그들의 칼끝은 주로 성애(sexuality)를 향해 있다. 그리하여 그 어느 때보다도 자유로운 성 담론과 과감한 성애의 기억들이 시의 언어로 번역되어 왔다. 그러나 인간의 본능은 에로스만으로 이루어져 있지 않다. 타자와의 연합과 연결을 갈구하는 에로스의 이면에는 절단과 이접(離接)의 칼날을 휘두르는 파괴본능이 존재한다. 죽음본능(death instinct), 즉 '타나토스(Thanatos)'에 대한 해명이 없이 인간에 대한 탐구는 완성되지 않는다.

한석호의 이 시집은 워낙 넓은 스펙트럼을 가지고 있지만, 타나토스로 점철된 인간의 고통스러운 내면에 대한 집요한 탐구를 보여 준다는 점에서 매우 독특하다. 지금까지 한국 시들이 기껏해야 내면의 에로스를 불러내거나 사회적 폭력을 호출해 왔다면, 이 시집은 무의식의 이면을 계속 뚫고 들어가 그 안에서 울부짖고 있는 파괴적 '짐승'의 목소리를 호명해 낸다는 점에서 예외적이다. 이 시집의 수많은 시들 속에서 한석호는 무의식의 바다로 자맥질을 하며, 그 해저(海底)에서 폭력과 광기의 민낯을 읽어 낸다.

함양에 오니 나처럼 지워진 느티나무가 있네
누군가 나를 불태우고
지워 버린 자리
내 어린 날 울음통이 되었던 하늘들

—「지워진다는 것에 대하여—함양 농월정에서」 부분

이 시 속의 주체는 자신을 "지워진" 존재로 읽는다. 그 안에서 지워진 것은 그의 전(全)존재가 아니라 "어린 날[의] 울음통"이다. 그것이 지워진 이유는 주체의 '저항' 때문이다. 주체는 어린 날을 울음통으로 만든 '원초적 장면(primal scene)'들, 그 쓰라린 전쟁터를 회상하고 싶지 않다. 그 어떤 주체도 상흔을 다시 들추어내기를 원하지 않기 때문이다. 그러나 그 모든 무의식이 그런 것처럼 그것은 완전한 형태로 지워지지(억압되지) 않는다. 그것은 "혀 속에 가둔 파도"(「고래와 봄날」)처럼 금방이라도 의식의 표면으로 터질 듯이 치고 올라올 기회만 엿본다. 그것은 가둔다고 가두어지는 것이 아니지만, 주체에게 그것을 들여다보는 일은 '가위눌리는' 것처럼 고통스러운 일이다.

나는 쇳덩이 몇 개에 눌려
꿈꾸기 전으로 돌아가지도 못하고 있다

—「주산지」 부분

들여다보아선 안 될 밤의 치부를 열 때
하나의 문은 가만히 닫히고
하나의 문은 흐느끼듯 둥근 고리를 내어 준다
—「밤의 흉곽에 깃든 입술 자국」 부분

"꿈꾸기 전"은 꿈의 형태로 재현되기 이전의, 무의식의 영역에 억압된 사건들, 즉 "들여다보아선 안 될 밤의 치부"를 의미한다. 사실상 이 시집은 치부의 문을 열려는 주체와 그것을 닫으려는 주체 사이의 길항(拮抗)의 기록이다. 문을 열려는 주체는 내면의 폭력과 파괴본능을 읽어 내려는 주체이고, 닫으려는 주체는 그것을 '수치'로 받아들이며 덮으려는 주체다.

낮의 안경을 벗으니
관객은 가장 위험한 그림이 될 수 있음을 알게 되었다
기록으로 남은 건 아니지만
버지니아 울프는
고를 수 있다면 기억이 아니라 망각을 고르겠다고 했다
—「기억은 사육되지 않는다」 부분

기억은 타나토스의 "위험한 그림"을 드러낸다. 망각은 그것을 가리고 덮는 일이다. 유년의 상처 때문에 평생 신경증에 시달리다 마침내 강물 속으로 걸어 들어간 버지니아 울프가 "기억이 아니라 망각을 고르겠다"고 한 이유가 바로 이것이다.

II.

한석호는 드러냄과 감춤 사이에서의 그 고통스러운 싸움을 단 한 순간도 포기하지 않는다는 점에서 독특하다. 사실 그는 '망각'보다는 고통의 '기억' 쪽을 선택한다는 점에서 훨씬 더 '분투적'이며 치열하다.

늑골이 휑하게 드러난 밤을 주문해야 합니다.
우울한 영혼의 설국에 이르니
바람의 혀가 귓불에서 사납게 잉잉거립니다.
해를 지고 벼랑 끝으로 오르는
내겐 까닭도 없이 노을이 쓸쓸하게 읽힙니다.

―「가혹한 봄날」 부분

이 시에서 보듯이 그는 밤의 늑골을 "휑하게" 드러내기를 원한다. 밤은 내면의 어두운 사건들이 집적된 공간이다. 그곳에서 우리가 만나는 것은 그야말로 "막장에서 캐낸 문장"(「바람에 젖는 기타의 감정-고트프리트 벤에게」)들이다. 그것을 읽는 영혼은 우울해질 수밖에 없다. "해를 지고 벼랑 끝으로 오르는" 시인은 바위를 지고 끝없이 언덕을 오르는 시시포스를 연상시킨다. 시인의 직무는 "우울한 영혼의 설국"에 이를지라도 인간의 '모든 것', 즉 수치와 치욕의 어두운 지도까지 까발리고 읽어 내는 것이다.

> 흉터가 보이지 않는 일련의 문장에
> 생을 탕진해 버린 자의 광기가 스며 있다
>
> —「마름질」 부분

"흉터가 보이지 않는 일련의 문장"은 다양한 장치로 상처를 감추는 주체를 의미한다. 그러나 아무리 위장해 봐야 그곳에는 지워지지 않는 "광기"가 스며 있다. 시인의 임무는 위장의 장치들을 벗겨 내는 것이고, 그리하여 광기와 폭력의 전모를 들여다보며 고통과 혼란을 몸소 겪어 내는 것이다. 위의 인용문에서 바로 이어지는 다음과 같은 대목을 보라.

> 긍휼과 안정의 경계에서 종종
> 혼란을 쫓아내는 휘파람소리 들린다
> 쓰라린 휴식을 알리는 알람 소리들
>
> —「마름질」 부분

지워야 할 것들이 너무 많다고요?

거짓과 가식에도 찬사를 보내온 테제군요
영혼이 가출한 빈집들

—「테크노댄스」 부분

"혼란"은 항상 감추어진 것이 드러날 때 발생한다. "휴식"은 그 자체 성찰의 시간, 자신을 드러내는 시간이지만, "혼란"이 존재하므로 아프고 쓰라리다. 그것은 어두운 이면을 까발리므로 그것을 모른 척 덮고 지내온 모두에게는 엄중한 경고의 소리, 즉 "알람 소리들"로 다가온다. 한석호는 덮음으로써 잊기보다 드러냄으로써 경종(警鐘)과 맞대면하기를 원한다는 점에서 전투적이다. 지워야 할 것이 많은 것들이야말로 "영혼이 가출한 빈집들"이기 때문이다. 그러나 시인의 '드러냄'은 궁극적인 면에서 '치유'를 지향하고 있다. 왜냐하면 '드러냄'이 없는 치유란 존재하지 않기 때문이다. 치유는 고통의 터널을 지난 자에게만 부여되는 특권이다.

불멸의 사랑이란
눈 속에 갇힌 고양이의 울음을 꺼내 핥아 주는 것일까
병동 앞 튤립나무가
온몸에 초록빛 종소리를 매달고 있다
굳어 버린 깁스 속의 사랑아
네 심장에도 피 돌고 칼바람 무디어지고 있는가

—「튤립나무가 보이는 병동」 부분

상처를 드러내는 일은 "눈 속에 갇힌 고양이의 울음을 꺼내 핥아 주는 것"이라는 이 시의 진술이야말로 그가 믿는 "불멸의 사랑"의 모습이다. 파괴와 광기의 어두운 내면을 감추는 것은 눈 속에 갇힌 고양이를 계속해서 그곳에 가두는 일이다. 에로스뿐만 아니라 타나토스의 충동이 인간의 삶을 추동하는 중대한 본능이라면, 이것들의 끝없는 길항 속에 있는 인간이야말로 그 자체 "병동"이 아니고 무엇인가. 그러나 그 병동에 "튤립"을 피우고 "깁스 속의 사랑"에 피를 돌게 하는 것은 바로 그 병동의 속, 어둠의 타나토스를 직시할 때만 생겨난다.

III.

그러나 한석호 시인에게 인간의 내적 '병동'을 바라보는 것은 만만한 일이 아니다. 그것은 무엇보다도 '안정'을 뒤흔드는 일이며, 혼란을 자초하는 일이고, 인간의 치부와 대면하는 일이기 때문이다. 그것은 시인으로서 마땅히 감내해야 할 '인간 탐구'이지만 자신의 살을 도려내듯 아픈 일이기도 하다. 그것은 인간의 근본적인 '비극성'을 목도하면서 동시에 인간의 미래를 이야기하는 것처럼 어려운 일이다. 깁스 속에 미봉된 상처를 드러내고 그것을 '사랑'으로 치유한다는 것은 얼마나 지난한 일인가. 그는 이렇게 자기 몸을 찢어, 자신을 발가벗겨 진실을 드러내는 '가혹한' 수행의 길 위에 있다. 이 '절단'의 욕망은 그 자체로는 죽음본능이지만, 드러냄을 통해 다른 '껴안음'을 지향한다는 점에서 에로스 욕망이기도 하다. 프로이트에게 음식을 섭취하는 일이 에로스 욕망이면서 동시에 파괴본능인 것과 마찬가지다. 내부의 폭력을 드러내고 절단하는 욕동(欲動, drive)은 때로 주체 바깥으로 빠져나와 (절단하려는) 주체 자신을 다시 절단하려는 욕동으로 전화하는데, 이것은 한석호에게서 '소멸'의 욕구로 표현된다.

저 고요들
깨어나면 사라질 어떤 소리로
나, 산문에 기대 있다
(……)
낙방(落房)에 촛불
푸르스름하게 밀어내는
저 흰빛과
바람의 몸을 지닌
나

—「내소사」 부분

나는 눈발의 소멸로 어우러지고 싶다

—「먼 바다로 흘러간 눈」 부분

여기에서 주체는 "사라질 어떤 소리", "바람의 몸", "눈발"로 표현되는데, 한석호의 시에 반복해서 등장하는 "바람", "구름", "눈", "그림자", "먼 바다" 등의 기표들은 실체를 털고 기화(氣化) 상태로 넘어가려는 강렬한 소멸 욕망의 표현들이다.

사이를 주름잡는 반목, 관계와 관계를 흩어 놓던
갈등이여 먼 바다로 물러나고 있는가
탕자여, 사랑은 한때의 그림자가 아니라
그림자끼리 손잡고 흘러 한 몸의 물결이 되는 것이다

—「수레국화가 필 무렵」 부분

꿈의 사원은 설산 너머에 있고
내 사랑은 한 줌 먼지와 내통한 바람의 눈물 가운데 서
있습니다.
(……)
모래알갱이들의 장례식
한 생이 저물 무렵이면 계곡엔
저처럼 사람을 잃은 말들로 술렁일 것입니다.

—「묵티나트」 부분

"먼 바다"는 에로스와 타나토스의 갈등도 사라진, 실체 없는 "그림자"들의 공간이다. 그곳은 "바람의 눈물"처럼 덧없고 정처 없지만, 몸을 죽임으로써 고통에서 벗어난 공간이다. 한석호의 시적 주체는 "모래알갱이들의 장례식"처럼 건조한 죽음만이 존재하는 곳, 즉 완벽한 부재의 공간을 꿈꾼다. 그것은 "이 삶을 떠나 가벼워지라고/큰 그늘 풀어 수면에 대적전(大寂殿) 한 채 들이시려는지"(「주산지」)라는 표현에서 드러나듯이 '거대한 고요[大寂]'에 대한 강렬한 욕망에서 비롯된 것이고, '절대 고요'에 대한 이 욕망은 거꾸로 '절대 소음'으로 가득한 현세에 대한 반발에서 기인한 것이다. 시적 주체는 타나토스가 제 옷을 벗으면서 드러내는 굉음으로부터 단절되기를 열망한다. 그것은 타나토스에 맞서는 또 다른 타나토스이다.

IV.

그렇다면 한석호의 타나토스 탐구는 어디에서 비롯되었는가.

폭풍 전야의 아침바다를 열면
바깥보다 안이 더 위험하다는 풍백(風伯)의 고백이 있다
—「바람의 관할」 부분

나는 가끔 목마른 짐승의 눈빛으로 내 안의
사나운 이빨을 돌려세우곤 한다

—「거울」 부분

그것은 "바깥보다" "더 위험하다는" "안", 그리고 그 안에 있는 "사나운 이빨"에서 비롯된다. 두 번째 인용문의 제목 "거울"은 이런 '성찰'을 암시하는 시니피앙이다. 왜 내부는 외부보다 더 위험하며, 그 안에는 사나운 이빨의 폭력성이 살고 있을까. 한석호 시인에게 내부의 폭력성은 대부분 어떤 남성성에 대한 관찰과 경험에서 기인하는 것이다. 그 폭력적 남성성의 자세한 이력은 「구름법원장으로부터 온 편지」에 구구절절하게 잘 열거되어 있다. 이것들을 세세히 열거할 수는 없지만, 그것은 한마디로 말해 "가장"이라는 이름의 팰러스(phallus)이며, "양심을 통째로 팔아먹고/그 심장에 털이 무성하도록 간덩이"가 커진 타나토스의 파괴력 때문에 생긴 것이다. 이 폭력적 남성성은 한석호에게 고통의 주요한 기억이고, 기원이다. 그의 인간 탐구는 개체로서의 이 남성성에 대한 관찰에서 시작되었지만, 그것이 개체를 넘어 인간들이 보편적으로 가지고 있는 파괴본능이라는 확장된 인식으로 나아간다. 그것은 모든 인간들이 공유하고 있는 보편적 본능이며, 따라서 '내' 안의 타나토스를 읽어 내는 고통스러운 작업이야말로 온전히 시인의 몫이 되는 것이다. 그러나 이 세상에는 타나토스에 맞서는 에로스의 여신이 있게 마련인데, 그것은 바로 '모성'이라는 이름의 여성성이다.

무성한 푸름 접고 달려와
팔 벌려 안아 주는 만복대의 억새능선처럼
자신의 위험 따위는 천황봉 아래로 던져 버리겠다는
그녀들.

(……)

식구들 다 먹이고
솥단지 박박 긁어 한 그릇 물로 배를 달래던
한 여자의 허기 채워 주고 싶네.
생의 마지막 순간까지 푸른 등 밝혀 들고
청잣빛 달을 오래 디뎌 걷던,
단 한 번도 동화 속을 떠나지 못하고
자신이 만든 이야기 속에서 붉어져 버린 그녀.

(……)

속을 다 주고 밀려난 소라껍질처럼
가슴 한쪽에서 휑한 바람 소리가 울어 대면
겨울 바닷가에 가네.

축 늘어진 해안선의 가쁜 숨결 만지러,
만지면 물컹하고 설움이 번져 번져서
온 하늘이 시뻘겋게 불타는 지리산 노을 만나러.

—「지리산 노을」 부분

그는 주로 인간의 보편적인 타나토스의 탐구에 에너지를 투여하지만, 그 모든 타나토스를 일거에 무너뜨리는 힘의 근원을 알고 있다. 그것은 온전히 자신의 몸을 찢어 타자들을 위해 바친 모성의 희생제의에서 발견된다. 그것은 자신을 버림으로써 비로소 완성된 에로스이기 때문에 "만지면 물컹하고 설움이" 번진다. 이 여성성은 모든 형태의 고체성을 녹이는 액체성이며, 강함을 이기는 약함이고, 우리 모두에게 "잃어버린 처음"이며 "남루해지기 전의 원본"이다. 한석호의 시는 그 "태초의 봄"(이상 「오리」)을 찾는 노래이며, 그것과 길항하는 내면의 폭력에 대한 응시이다.

시인수첩 시인선 013
먼 바다로 흘러간 눈

ⓒ 한석호, 2018

초판 1쇄 인쇄 2018년 4월 23일
초판 1쇄 발행 2018년 5월 11일

지은이 | 한석호
발행인 | 강봉자 · 김은경

펴낸곳 | (주)문학수첩
주　소 | 경기도 파주시 회동길 192(문발동 513-10) 출판문화단지
전　화 | 031-955-4445(대표번호), 4500(편집부)
팩　스 | 031-955-4455
등　록 | 1991년 11월 27일 제16-482호

홈페이지 | www.moonhak.co.kr
블로그 | blog.naver.com/moonhak91
이메일 | moonhak@moonhak.co.kr

ISBN 978-89-8392-699-9 03810

「이 도서의 국립중앙도서관 출판예정도서목록(CIP)은 서지정보유통지원시스템 홈페이지(http://seoji.nl.go.kr)와 국가자료공동목록시스템(http://www.nl.go.kr/kolisnet)에서 이용하실 수 있습니다.(CIP제어번호: CIP2018012377)」

* 파본은 구매처에서 바꾸어 드립니다.